엉망으로 살자

CHAPTER

프롤로그

어차피 '완벽'이란 건 존재하지 않는다.
미완성의 너, 잘하고 있는 거야.

바쁠 때 오는 특유의 우울감이 있다.

산더미같이 쌓인 일을 보고 있자면 방탕하기만 한 내가 과연 이 일을 끝까지 이끌어 갈 수 있을까 두렵기만 하다. 이 일을 수행할 만큼의 능력이 있는가에 대해 의구심마저 든다.

그림은 그려도 그려도 부족하고 공부는 해도 해도 모자라다. 평생 나 자신에게 만족할 수 없음을 알면서도 완벽하지 못한 자신을 책망하느라 종종 우울감에 빠졌다.

그래서 조금 더 완벽할 때 시작하겠다는 핑계를 대며 미뤄둔 일들이 너무 많다. 하지만 이제 와 뒤돌아보면 철없던 코흘리개인 노선경을 아주 조금이나마 성숙한 사람으로 이끌어준 것 중 그 무엇도 완벽한 것은 없었다.

완벽하지 못하다고 느꼈기에 그만큼 더 열심히 했다. 그리고 이젠 나 자신에게 절대 만족하지 못하는 이 갈증이 나를 더 높은 곳으로 이끌 것이라는 걸 잘 안다.

#

만약 당신이 내가 잘하고 있는 게 맞는지
고민하느라 밤을 새운 적이 있다면
잘하고 있는 것이 맞다.

엉망으로 살자

인생이 엉망진창 흘러가도

기다리던 계절은 온다.

노는 것은
절대 낭비가 아니다

우리는 어릴 때부터 '노는 것'은 낭비라고 배웠다. 가만히 넋 놓는 시간, 자기계발이 아닌 방탕과 일탈에 쓰이는 시간은 모두 낭비로 치부됐다. 하지만 노는 건 절대 낭비가 아니라고 생각한다.

나는 아주 어려서부터 노는 것을 매우 좋아하는 사람이었다.
성적이란 것에 단 한 번도 얽매여 본 적 없이 살아왔던 나는 매일 놀기 바빴다.
중학교 2학년 겨울 방학, 단순히 심심하단 이유로 웹툰을 그리기 시작했다.

집에 굴러다니던 타블렛과 무료 그림판으로 만들어진 웹툰은 감사하게도 많은 인기를 얻었다.
수많은 사람들에게 갑작스러운 사랑을 받기 시작한 나는 그 매력에 매료되어 미친듯이 그림에 빠지게 되었다.

그렇게 1년, 밥 먹고 똥 싸는 시간 빼고 그림만 그렸다.

친구도 만나지 않았다. 학교가 끝나면 곧장 집으로 달려와 컴퓨터를 켰다.

하지만 너무 열심히 일했던 탓일까.
그 부작용으로 인해 나는 고등학교에 진학하자마자 또다시 일 년을 미친 듯이 놀았다.
학교도 잘 나가지 않았다.
결국 고등학교를 자퇴하고 복학을 하게 됐다.

복학한 뒤로는 아이러니하게도 공부에 빠졌다.
정확히 말하면 '학교 생활'에 빠졌다.
수업에 100% 집중하는 것, 선생님과의 교류,
동급생들과의 추억, 성적을 쌓는 재미,
상장 긁어모으는 쾌락, 교내 연애 등

내게 학교 생활은 입시 수단이 아닌
오롯이 '학창 시절'에만 만들 수 있는
추억거리 딱 그 정도였다. 그래서
교복 입는 그 순간들을 즐겼다.

삼 년을 즐긴 덕분에 자연스레 대학을 위한
스펙이 쌓였고 동급생들 사이에서
노는 것을 좋아하던 복학생 언니였던
나는 서강대에 입학했다.

하지만 부작용은 또다시 찾아왔다.
다시 노는 것에 미치는 시기가 찾아왔다.
대학교 일 년을 술과 클럽, 연애에 빠져 보냈고
두 번의 학사경고와 퇴학 위기에 놓였던 적도 있었다.

우선 학교 생활을 쉬어가기로 마음먹은
나는 휴학을 하게 됐고 그림에 빠져 반년간
미친 듯이 그림만 그렸다. 그 덕에 첫 책을 출간하고
돈도 많이 벌고 명성도 얻었다. 열심히 일했으니
다시 한번 미친 듯이 놀아야 할 차례였다.

여행차 잠시 머무를 계획으로 떠난 발리에서 나는
계획에도 없던 반년 발리살이를 시작하게 됐고
매일 서핑과 파티를 즐겼다.
그렇게 번 돈을 모두 탕진하며 미친 듯이 놀았다.

미친 듯이 일하며 놀기를 반복하는
이게 바로 나의 모습이었다.

제대로 놀 줄 아는 나이기에, 무언가에 빠질 때는 미칠 줄도 아는 나였다.

노는 것은 낭비가 아니라 무언가를 새롭게 시작하기 위한 준비단계 같은 것이었기에.

제 장래희망은 '미친년'입니다

'약여불광(若汝不狂) 종불급지(終不及之)' 만약 네가 미치지, 아니하면 결코 도달하지 못하리.
내 좌우명.

'뭐든 하나에는 미쳐있자.'가 내 인생 모티브다.
딱 알맞은 단어가 없을까 싶어서 구글에 여러 가지 키워드를 검색하다가 겨우 찾은 팔자성어이다.
구글 검색 결과에 얼마 뜨지도 않는다.

그러니까,

공부도 좋고 일도 좋고 여행도 좋고 노는 것도 좋다.

뭐든 할 것이라면 미쳐서 해라.

그렇다고 항상 열심히 살자는 것이 아니다.

노는 것이 좋으면

노는 것에서 최고로 미쳐있는 사람이 되고,

공부가 좋으면

공부에 최고로 미쳐있는 사람이 되면 된다.

연애할 거면 사랑밖에 모르는

연애에 미친 사람이 되는 것이다.

그 분야의 '최고'가 되라는 것이 아니다.

그럴 필요 없다.

그 분야에 최고로 '미쳐있는' 사람이 되라는 거다.

다만 오해하지 않기를.
항상 열심히 살면서 바쁘게 살아야 한다는 걸
말하기 위함은 아니니까.

설상 아무것도 하고 싶은 것이 없다고 하더라도
아무것도 하지 않는 것에 몰두하면 된다.

한때는 놀면서 시간 보내는 것에 대한
회의감도 있었고 이에 대해 자책했었다.

놀기 좋아하는 인간이라는 걸
인정한 순간 새로운 세상이 열렸다.

나태한 나를 타박할 필요 없이
그 게으름이 내게 행복을 주었다면
그 모습마저 나라는 걸 받아들이는 게
삶에 필요한 태도였다.

하고 싶은 걸 하며 살아라.
대신 아무것도 안 하지는 말아라.

내가 어떤 사람인지, 어떤 취향을 가졌는지,
무슨 일을 할 때 가장 행복감을 느끼는지

무슨 일을 잘하는지 등 알아가는 시간을 충분히
가져라.

꼭 생산적인 일이 아니더라도
놀면서 알 수 있다.

하고 싶은 일이 생기면 그 분야에서만큼은
최고로 미친 사람이 되어라.

내가 했던 행동과 선택은 모두
당시에 자신이 할 수 있었던 최선의 선택이었으니까.

#

어떤 일을 하든 간에 그것에
미쳐 있는 사람이 되는 것.
내 장래 희망은 '미친년'이다.

나의 꿈

Q

꿈이 뭐예요?

A

자연사요.

어리기 때문에 누릴 수 있는 것들

어리다고 지켜야 할 의무가 없는 것은 아니지만
어린 나이에만 즐길 수 있는 특권이 있다.

가령
생각 없이 놀기.
밤새워 놀기.
건강 버리고 놀기.
땡땡이치고 놀기.

돈 안 벌고 놀기.
내일이 없는 사람처럼 놀기.

자퇴해야 할 만큼 정신없이 놀았던
고등학교 일 학년 때도,
친구들과 미친 듯이 술집과 클럽을 전전했던
대학생 시절에도, 잠시 머무를 계획으로 갔다가
반년간 발리에서 머물며 서핑과 파티를 즐겼을
순간 모두 되돌아보면 이런 생각이 든다.

그 시간에 차라리 자기계발을 했더라면
더 능력 있는 사람이 되었을지 모르겠다.
하지만 그 덕에 바로 지금,
삶에 무료한 순간이 가끔 찾아오더라도
강렬했던 쾌락의 조각들로 하루하루를 살아가고
있다.

책임져야 할 게 점점 늘어나고
더 이상 마음 놓고 놀 수 없는 순간이 오면
그동안 쌓아온 추억을 하나하나 꺼내며
앞으로의 미래를 살아가지 않을까.

그렇기에 바로 지금,

내게 주어진 젊음을 막 써야 한다.

아낄 시간이 없다.

일단
인생을 조져놓자

노는 게 왜 낭비인가? 행복했던 추억은
열심히 살기 위한 인생의 연료다.

열심히 일한 만큼 열심히 쉬는 법도 알아야 한다.

일이나 공부에 몰두할 때의 나,
개같이 놀 때의 나.
모두 행복했던 건 변함이 없다.

그래서 난 더 이상 열심히 노는
나를 결코 나태하다고 타박하지 않는다.

열심히 무언가를 이루어내는 것보다
열심히 노는 것이 더 중요하다.

열심히 놀아도 보고 열심히 후회도 해봐야
그만큼 발전할 계기가 생긴다.

'열심히 일한 만큼 열심히 놀자'라는 건 순서가 잘못됐다. 일단 열심히 인생을 조져놓아야
열심히 살 수 있다.

행복한 방탕을 즐기고 나서야
비로소 행복을 위해 더 열심히 일할 수 있는
연료를 얻게 된다

최고가 되어야
인정받는 게 아니다

"무언가에 미쳐 있을 때

'난 최고가 될 거야.'

'내가 일등이 될 거야.'

이런 생각을 하시나요?

만약 목표에 도달하지 못하면 실망하시나요?"

"그런 생각을 왜 하죠? 지금 당장은 내가 여기에 최고로 빠져 미쳐 있는 사람인데. 그것보다 더 최고일 수가 있나요? 결과야 어찌 됐든 내가 이 일에 미칠 수만 있다면 이미 최고가 된 거나 다름이 없으니 그걸로 됐습니다."

더 열심히 놀기 위해 세상과 타협하는 법

1. 나만의 인생을 만들어 가기 위해 갖춰야 할 마인드.

- 내가 하고자 하는 것에 그 누구도 반대할 수 없을 거라는 신념
- 혹여나 주변의 반대가 있더라도 설득시킬 수 있을 거라는 믿음
- 무엇보다 설득이 통하지 않더라도 내 멋대로 할 거라는 이기적인 마음

2. 그 누구도 반대하지 못할 '꿈' 만들기

부모님과 의견 조율도 결국은 협상이다.

그럴듯한 꿈과 계획을 만들어 먼저 내밀기보다
그 꿈이 얼마나 비현실적이든,
부모님의 기준에 맞지 않든 간에 행동으로 먼저 보여라.

행동으로
먼저 보여주자

나는 그림을 시작하면서
단 한 번도 부모님의 반대에 부딪혀 본 적이 없다.

물론 개방적인 부모님의 교육 방침을 받고 자란 것은 맞지만 예술가가 단 한 명도 없는 집안에서 단 한 번도 내 꿈에 대한 의심을 받은 적이 없었던 것은 결코 내가 운이 좋았던 것이 아니다.

누군가에게 나의 꿈에 관해 얘기하기 전에
이것이 나의 꿈일 수밖에 없는 이유를 몸소 보여주었다.

놀기를 좋아하던 어린 소녀가
누구보다 그림에 미쳐있는 모습을 보여주었다.
그림을 그리는 동안 누구보다 기뻐했으며
티끌만 한 결과물이라도 자랑스러워했다.
내게 그림이 얼마나 소중한지 온몸으로 표현한 것이다.

단 한 번도 내 입으로 먼저 일러스트레이터가 꿈이라고 얘기한 적 없다.
자연스럽게 그림을 그리며 살아가겠거니 주변에서 납득하게 만들었다.

내 일에 대해 얼마나 진심인지,

내 일에 대해 얼만큼의 자부심이 있는지,

내 일을 얼마나 사랑하는지,

내 일에 대한 확신과 자신감을 얼마나 가지고 있는지 온몸으로 표현했다.

꿈을 먼저 들이밀지 말고, 먼저 보여줘야 한다.

그리고 입 밖으로 내뱉어라.

내 꿈을 품에 꽉 끌어안고

세상에 자랑해라.

내가 이렇게 알아서 잘하고 좋아하는데

감히 반대할 자가 있다면, 죽으라는 것과 같다.

그게
부모님 일지라도.

브레이크 없이 달리는 차는 '고장 난 차'이지 '잘 달리는 차'가 아니다

아무리 좋아서 하는 일일지라도
적절한 휴식은 꼭 필요하다.

나도 원래는 일과 공부에 열심히 몰두하는 나의 모습만 좋은 모습이라고 생각했다.
미친 듯이 그림에 전념하고, 공부에 매진하는 내 모습이 꽤 만족스러웠다.

그 결과 또한 화려했기에 스스로 잘하고 있다고
생각했다.

결국 그 만족감이 휴식조차 낭비라고 생각하게끔
나를 구석으로 몰아넣었다.

내가 생각하는 이상의 나로 도달하기 위해선
유흥과 나태함과는 거리가 먼 사람이 돼야만 했다.
완벽한 미래를 위해 조금의 휴식조차 용납할 수
없었다. 이래서 완벽이 무섭다.

그 완벽은 즐겁게 놀았던 나의 모든 시간을
방탕의 시간이라 치부하게 했다.
열심히 하지 않았던 나 자신을 자책하며 스스로
를 괴롭혔다.

열심히 무언가를 이뤄내지 않고
미친 듯 놀기만 했던 내가 너무 한심했다.
후회를 멈추려고 자해도 했다.

카페에서 커피 한 잔 마시며 보내는 아주 잠깐의 휴식 뒤에도 쉬었다는 자책감은 어김없이 따라왔다.

놀 땐 분명 미친 듯이 즐거웠는데
그게 나중에 후회의 화살이 되어
어김없이 내 등 뒤에 꽂혔다.

우리는
카페에 앉아서 친구와 수다 떠는 것,
피시방에서 하루를 다 보내는 것,

종일 누워서 웹툰을 보는 것,
매일 술을 마시고 클럽에 가고,
허구한 날 남자친구와 거머리처럼 붙어 있는 것을 모두 낭비라고 배운다.

아무것도 하지 않는 것도 일과가
될 수 있다는 걸 배우지 못하고
무작정 달리는 법만 배운 채 성인이 된다.

처음 스키를 배웠을 때
함께 갔던 친구가 제대로 서지 못하는
나를 무작정 중·고급 코스에 끌고 올라가
멈추는 법만 대충 알려주고는 출발 선상에
밀어넣었다.

당연히 난 고장 난 로봇처럼 삐거덕거렸다. 내려가면서도 도저히 초보자가 감당하지 못할 속도에 두려움이 온몸을 지배했다.

분명히 재미는 있었다. 이대로 쭉 도착지점까지 달리고 싶었지만, 초보자인 내가 감당할 수 있는 속도가 아니었다. 남들은 쏜살같이 달리는 코스를 내려오는데 나는 장장 삼십 분이 넘게 걸렸다.

그래도 발걸음도 제대로 떼지 못했던 내가 까마득하게 넓었던 중·고급 코스를 무사히 내려올 수 있었던 건 중간중간 열 번도 넘게 쉬었기 때문이다. 주행 도중 갓길로 빠져 십 분간 스키장의 풍경을 구경하기도 했다.

열심히 내려오다 잠시 편안한 마음으로 홀로 앉아 있자면, 빠르게 내려가는 사람들은 시기나 선망의 대상이 아니게 된다. 그저 그 풍경 속에 녹아 있는 좋은 눈요깃거리가 될 뿐이었다.

그런 나에게 누군가 쉬었다 가지 말라고,
어서 빨리 저 밑으로 내려가라고 말했다면
그건 내게 죽으라는 것과 마찬가지다.

편하게 안정을 되찾고 있는 초보자에게
도착 선상 저 밑까지 굴러가든, 넘어지든,
다른 사람과 부딪혀서 다치든 말든
얼른 내려가라고 말 할 사람이 있을까?

매번 인생의 첫발을 내디디고 있는 우리에게 쉬었다 가지 말라고, 이대로 굴러떨어지라고 강요하지 않는다. 아니, 강요를 받는 상황이라면 떠밀려 갈 것이 아니라 완전히 무시할 줄 알아야 한다. 그 강요를 나 스스로 하고 있을지라도.

그렇게 '쉼'에 대한 중요성을 모른 채 몇 년
간 잠도 못 자며 괴로워하다가
결국 나는 태생적으로 놀기를 좋아하는 년이
라는 것을 인정했다.

꿈은 일찍 찾아야 유리하겠죠?

꿈을 제대로 찾아야 유리하죠.

속도는 의미가 없고.

꿈은
거창한 게 아니다

Q

꿈을 찾아내기 위해
어떤 노력을 했나요?

A

뭐든 하고 싶으면 그게 꿈이죠. 뭐.
거창한 거 없음

살면서 반드시
지키는 게 있다면?

계획을 세우지 않되,

반드시 목표는 이룬다.

하고 싶은 일을 할까요?
할 수 있는 일을 할까요?

하고 싶은 일을 할 수 있게 만드세요.
어차피 무슨 일을 하든 완벽히 보장된
미래는 없어요.

보장된 미래라는
허황된 말

'보장된 미래'
라는 말만큼 허황된 말도 없다.
당장 백억이 있어도 내일 빙판 위에 미끄러져 죽을 수도 있는 게 인생이다.

미래에 행복하기 위해서 지금의 내가 아무리 발버둥 쳐봤자 더 불행해질 수도 있다.
내가 노력한다고 한들 그만큼 행복해질 거라는 보장은 그 누구도 해주지 않는다.

반면 지금 행복하기 위해 당장에 주어진 행복을
좇는다면 미래에 어떤 불행이 닥치더라도
과거와 현재의 나는 행복했던 사람이 된다.

그 행복했던 현재의 나와 과거의 나는
자신을 무너지지 않게 해줄 큰 연료가 된다.
또 이미 행복을 좇을 줄 아는 사람이 됐기 때문에
곧잘 그 불행에서 탈출할 수 있다.

미래가 불안하다 느끼는 당신,
한 가지만 기억했으면 한다.

누구나 언제 닥칠지 모르는 불행에
막연한 불안감을 가지고 있듯
언제 닥칠지 모르는 행복 또한
당신을 놀라게 할 준비를 하고 있다는 걸.

미래가 막연한 이유는 당신에게
닥칠 행복이 더 특별해지기 위해서다.

잘하는 게 없는
제가 쓸모없게 느껴져요

일단 당신은 어딘가에 쓰이려고 태어난 게
아니라는 것만 알아 두세요.
잘하는 걸 찾으려고 하지 말고,
재밌는 걸 찾아보세요
미치면 잘하게 될 겁니다.
잘 못하게 되더라도 재미는 있겠죠.

미치면 잘하게 될 겁니다.

잘 못 하게 되더라도 재미는 있겠죠.

하고 싶은 게 있는데
재능이 있는지 모르겠어요

해보지 않고서 절대 모르죠.

해보고 돌아가도 늦지 않아요.

아니, 늦더라도 죽진 않아요.

처음 시작할 때
겁이 나진 않았나요?

시작도 못 하고

포기하는 게 더 무서워요.

대충해도
시작한 것이다

시작은

대충해도

'시작'이에요.

하고 싶은 일 하기 위해서는
먼저 준비 돼야겠죠?

준비가 안 된 상태에서

하나하나 만들어 나가는 것도 꽤 즐겁다.

준비된 상태에서 시작하려는 마음은

항상 시작을 늦출 뿐이다.

거창한 계획, 철저한 준비, 완벽한 시작,

나를 자꾸 도약의 준비 단계에만

머무르게 만드는 준비 운동 단계 따위

모두 집어치우고 오늘 당장 내가 해야 할 것은

아주 작고 사소한 하나의 실천이다.

그렇기 때문에 '시작'은 언제나 미미하다.
적어도 나에겐 그래야만 한다.

밤마다 스스로를 채찍질하며
하루를 재단한다고
머릿속에 펼쳐놓은 일들이
현실이 되진 않는다.

하자. 잘하려고 하지 말고 그냥 하자.

시작이 두려워 망설이는 것은
잘하고자 하는 욕심 때문이다.
단 한 번의 점프로 산 정상까지
올라갈 수 있는 사람은 없다.
입구에 들어서는 단 그 한 발자국,
산 정상에 가기 위한 목표로는

딱 그 정도의 걸음이면 충분하다.

꿈은 시작하는 순간
이루어지는 것이다

꿈은 조금이라도 실천하는 순간,

이미 시작됐고,

이미 이루어진 거다.

'고민할 시간에 실천을 해라.'

도전해도 실패하면
남는 게 없는 걸까요

좋아서 하는 일에

실패는 없다.

경험만 있을 뿐이다.

'골목'에도 집은 있다

인생을 꼭 큰길로 볼 필요가 있을까.
티브이에서나 보이는 엄청난 성공 신화나
대단한 스토리가 없더라도
평범한 내 삶은 벌써 이리 즐거운 걸.

늘 걷던 길을 벗어나 오늘은 다른 길로 걷는다.

골목골목 자리 잡고 있는 저마다의 집 속
사람들은 또 얼마나 많은 이야기를 품고 있을까.

작고 여린 내가 20년을 넘게 살면서
품은 이 엄청난 서사를 떠올려본다.
소용돌이처럼 많은 일이 있었지만, 지금은 특별
할 것 없이 그냥 이 골목에 서 있다.
장을 보고, 밥을 먹는다.
쓰레기를 치우고 핸드폰을 하다 잠자리에 든다.

나 역시 보잘것없는 하루를 위해
참 많은 일을 겪었다.
반대로 저 사람들은 얼마나 많은 일을 겪고
역사를 만들어 저 골목에 자리 잡게 되었을까.

끊임없이 남들과 비교하며 살아야 하는
경쟁 사회에서 내 삶이 작고
초라하게 느껴진다면
굳이 큰길을 보려 하지 말고
골목골목 담겨있는 우리의 이야기를 들여다보자.

새로운 골목엔 언제나 새로운 집이 있다.
그곳에 담긴 이야기는 우리만 알 수 있다.

#

이 작은 골목에 자리 잡기 위해

얼마나 열심히 살아왔는지.

결단력은
어디서 나오나요?

'죽기밖에 더 하겠어?'

하는 안일한 마음에서 나옵니다.

과감하게 움직여라

결과가 어떻게 된다고 해도

시작할 수 있는 과감함을 가져야 한다.

아니, 사실 '결과'가 안중에도

없어야 하는 게 맞다.

대부분의 사람들은 정해지지 않은

결과가 두려워 시작도 못하는 경우가 많다.

내가 일이든 노는 것이든
끝까지 나아갈 수 있었던 이유는
결과는 안중에도 없었기 때문이다.

나에게 있어서 실패라는 것은
존재하지 않는 개념이다.
나에게 성공과 실패는 결과가 아니다.
어떤 일이 끝났을 때 중요한 것은
그 과정에서 내가 보고 듣고 느낀 것들이었다.

그 끝에 있는 것은 실패가 아니라
풍부해진 경험과 한층 성장한 나 자신이었다.

인생에서 중요한 결정을 내릴 때

"인생에서 중요한 결정을 할 때 결정하고 후회하는 게 나을까요? 안 하고 후회하는 게 나을까요?"

인생을 바꿀 중요한 결정이 있다는 생각부터 관두세요.

매 순간순간의 선택들이 인생을 만들어 갈 뿐
어느 것 하나 더 중요한 결정도, 덜 중요한 결정도 없습니다.

무엇 하나에 크게 의미부여 해버리면
쓸데없는 걸로 후회하기 일쑤예요.

굳이 큰 결정이라 생각 말고 그냥 하세요.
그냥.

정신차려야 하는데
마냥 놀고 싶어요

하기 싫은 걸 해야 하고 싶은 일도 할 수 있는 거예요. 사람들이 욜로 인생을 단단히 착각하고 있네요.

힘들이지 않고 얻은 자유는 그만큼 기쁨도 없어요.

인생 멋있게
사는 방법이 있을까요

하고 싶은 것을 하되 목숨을 걸고 할 것.

그와 동시에 하기 싫어도 해야만 하는 의무를 뒷전으로 미루지 말 것.

"하고 싶은 것 다 해"라는 말의 진짜 의미

부디 하고 싶은 것을 하면서 살아라.
하지만 하고 싶은 것'만' 하는 것은 다르다.

1.
하고 싶은 것을 다 하는 결과를 가져오기 위해
따라오는 '하기 싫은 일'들은 무수히 많다.

하고 싶은 걸 한다고 해서 그 과정 역시
하고 싶은 일의 연속일 거라는 생각은 버려라.

당신이 꿈꾸는 과정이 마냥 행복하지만은 않다.
그저 당신의 선택에 책임감을 가져라.

하고 싶은 일을 다 하고 사는 것처럼
보이는 사람들은
대게 그만큼의 피나는 노력을 한다.

그리고 그 노력을 즐긴다

노력도 없이 '하고 싶은 일을 다 한 사람'이 되려는
무책임한 생각은 버려라.

진짜 하고 싶은 것만 해서는
하고 싶은 것을 다 하고 살 수 없다.

2.

당신의 '하고 싶은 일'을 핑계로
다른 의무를 저버리지 말아라.

당신의 본분을 잊은 체
하고 싶은 것'만' 하는 것은 분명히 문제가 있다.

부모로서, 학생으로서, 자식으로서,
어떤 사회적인 위치로부터 당신이 지켜야 할
책임과 의무가 분명히 있을 것이다.

분명히 말하지만
하고 싶은 것을 다 하기 위해
하기 싫은 것도 묵묵히 해내야 한다.

당신의 삶을 외면하기 위해 이상을 좇지 말고
당신의 삶과 이상을 병행하라.

다시 한번 말씀드립니다.
"하고 싶은 거 다 하고 사세요."

인생이 자꾸만 틀린 길로 가는 것 같아 어지럽다면

인생이 꼭 두 갈래 길로 갈린다고 해서 그곳이 일방통행이라고 생각하지 마라.
돌아오고자 한다면 돌아올 수 있을 것이다.

흘러가는 대로 혹은
물살을 가로지르며

열심히 노를 젓는다고

배가 반드시 맞는 방향으로

흘러가는 것은 아니다.

깊은 물살에 떠밀려가는 배처럼 살더라도

그 목적지가 결국은 바다라면

노를 버리고 물살을 즐기는 법도 배워야 한다.

노를 쥐고 있는 나는
방향을 틀 수도, 속력을 낼 수도,
줄일 수도 있지만
그러므로 도착한 종착역에 대한
책임 또한 온전히 내 것이다.

안정적인 직장
vs 하고 싶은 일

과연 안정적인 일이라는 것이 있을까요?

만약 내가 불행할지라도 돈만 따박따박 나오면
안정적인 일이라고 할 수 있을까요?

하고 싶었던 일을 가슴에 묻고 살아가는 것이
훗날 돌이켜 봤을 때 '안정적인 삶'일까요?

하지만 무조건적으로 하고 싶은 일을 추천하는 것은 아닙니다.

주변인으로 인한 강요로 시작한 일이 아니라면,
둘 중 어떤 일을 하더라도 내가 선택했다는 그 자체를 즐깁시다.

안정적인 일을 하더라도 즐기면 그만이고,
하고 싶은 일을 하더라도 즐기면 그만일 수 있게.

그러니까 중요한 건,
안정적인 일이든 하고 싶은 일이든
내가 선택해야 한다는 것이 중요합니다.

그리고 그 선택을 존중해줘야 합니다.

나의 선택이니까,

그렇게 될 수밖에 없을 겁니다.

공부 머리가 없는데
공부가 소용 있나요

한 번 머릿속에 습득한 지식은
영원히 사라지지 않는 재산이 된다.

누군가 뺏어가려 해도 절대 뺏을 수 없고,
남에게 주고 싶을 땐 내게 돈이 된다.

쓸모없을 것 같아도 뇌 속에 꼭꼭 숨어있던
오랜 지식은 언젠가
내가 필요로할 때 분명히 나타나 줄 것이다.

머리에 지식이 쌓이는 기분,
생각만 해도 든든하다.

공부가 재밌지 않을 이유가 없다.

공부는 목표를 이루기 위한 수단이 아니다.

꿈과 현실이 엇갈린다면 어떻게 해야 할까요?

내가 꾸는 꿈이 현실이죠.

다른 현실이 또 있나요?

선택하고 나서 후회할까 봐 무서워요

선택하지 않아서 후회하는 것보단
훨씬 덜 아플 겁니다.

내 인생의 방향에 대한 확신

Q

남들과는 조금 다른 길을 갈 때 '이 길이 정말 나의 길이다'라고 확신하는 날이 올까요?

A

남들과 같은 길도 있다고 생각하나 보네요. 내가 가는 길이 내 길이고 남들 길은 남들 길이죠.

더불어 사는 삶

아버지는 내게 종종 "베풀며 살아야 한다"라고 말씀하셨다. 베푸는 법을 몰랐던 나는 항상 받은 게 없는데 왜 베풀어야 하냐고 되물었다.

조금 더 어릴 땐 몰랐다.
가진 것이 없다고 생각했기에 항상 조급했고
아무리 취득해도 가졌다고 느끼지 않았다.

꽤 괜찮은 성과를 내고 인정을 받아도 어딘가
항상 부족하다고 느꼈다.

다행히 이런 강박은 날 성장시켰고,
실패도 좌절도 없던 인생이었지만 화려한 방황을
겪으면서 나는 참 날 때부터 전부를 갖고 태어났
다는 것을 알게 되었다.

나 '노선경' 하나를 성장시키기 위해 얼마나 많은
사람과 상황들이 부단히도 노력했나.

내 능력으로 이루었다고 생각했던 모든 것들이
다 나를 포함한 주변 환경의 거대한 협업이었다.
그 존재 자체가 베풂이었다.

당신 한 명이 존재하기 위해
많은 사람과 상황들이 존재한다.

당신이 살아있는 한
그 사람과 상황은 오로지 당신을 위해 움직인다.

그렇기에 당신이 살아있다.

항상 감사하고, 항상 베풀며 살자.

그 베풂 속에 당신은 뭐든 할 수 있다.

무언가에
미친다는 것

Q
어떻게 그렇게 무언가에 미쳐있을 수가 있죠?

A
아무리 좋아해도 완전히 미쳐있는 건 한
순간이더라고요.
저도 무언가에 미쳐있는 건 한순간이에요.
그 순간의 감정이 영원히 남아있는 것뿐.

좋아하는 일 하다
실패하면 어떡하나요?

하고 싶은 거

해본 게 어디에요.

도전이
두려울 때 대처법

Q

도전하는 것이 두려울 때 어떤 마음으로 해야 할 지 모르겠어요

A

잃어봤자 고작 돈과 시간

도전했던 경험은
앞으로 당신의 인생을 바꿔줄
아주 분명한 원동력이 될 것이고

그렇기에 당신은 설령 그 도전이 실패했다 한들
'시간을 잃었다'라고 할 수 없다.

또한 '도전을 했다.'는 경험은
시간을 들여 할 수는 있어도
결코 돈을 들여 살 수 없다.

돈을 들여 살 수 없는
소중한 경험을 했기 때문에
당신은 '돈을 잃었다'라고 할 수 없다.

자, 그렇다면 돈과 시간을 잃는다 한들
도전을 망설일 필요가 있을까?

세상에서 가장 확실한 동기부여

거대한 꿈이 있는데 현실은 그렇지 못한
나를 보며 자책해본 적이 있을 것이다.
그것도 잘하는 일이라 말해주고 싶다.

그런 시간이 때로는 말도 안 되는
실행력을 만들어주는 계기가 된다.

목표는 있지만 마음이 잡히지 않으면

Q

목표는 있는데 마음잡기가 힘들어요.
어쩌죠.

A

목표를 앞에 두고 누워만 있다 보면
저절로 잡힐 걸요.
많이 쉬세요.

이룰 수 있다

목표나 꿈이 생겨 무언가를 이루고자 할 때
간절히 바라는 마음보다는
'이룰 수 있다'는 마음가짐으로 임하자.

그 어떤 사람이 이룰 수 있는 목표를
눈앞에 두고 가만히 누워만 있겠는가.

간절하지 않아도 된다.

이룰 수 있다고 생각하면
간절하지 않아도 저절로 움직여질 것이다.

세상을 바꾸는 건 그다지 어렵지 않다.
내 생각을 바꾸면 내 행동이 바뀌고
내 행동이 바뀌면 내 인생이 바뀐다.

내 인생이 바뀌는 것은

곧 내 세상 전부가 바뀌는 놀라운 일이다.

포기하는 게 아니라
안 하는 것이다

“하고 싶었던 일을 하는데 포기하고 싶은 순간이 오면 어떻게 해야 할까요?”

전 하고자 하는 일에 최선을 다하지만,
포기도 그만큼 개 빠릅니다.
하기 싫어지는 순간 버려요.
제일 중요한 건 재미니까.

포기라는 단어에 너무 연연하지 마세요.
포기가 아니라 그냥 내가 안 하는 겁니다.

내가 하고 싶어서 시작했지만
내가 하기 싫어서 이젠 안 하는 거예요.

내가 글러 처먹은 사람이 아니라
내가 내 '선택'에 의해 놓아주는 겁니다.

포기가 아니라 다른 길로 가기 위한 내 선택일 뿐
입니다.

포기는 실패가 아닌 인생의 전환점이다.

삶은 다양한 방향으로 흘러갈 필요가 있다.

내가 주저하지 않는 한 고개를 트는 곳이 바로 전환점이다.

잘하고 싶은데
잘 안될 때

잘하는 것에 목표를 두고 한 적이 없어서 모르겠다.

그냥 좋아서 한다.

잘하려고 하는 게 아니라.

나는 훌륭한 배우다

무언가를 변화시키거나 새로 시작하려 할 때
도저히 자신감이 생기지 않는다면
자신을 '배우'라고 생각해보자.

가령 공부라고 할 때,
나는 원래 놀기를 존나 좋아하는 양아치인데
모범생 역할에 지나치게 충실한 나머지
진짜로 범생이가 되어버린 거다.

학교 생활에 충실하고, 교수님들께 예쁨도 받고
공부에 집중하는 게 너무 즐거운 범생이.
어차피 졸업하면 나는 다시 원래 양아치인
나의 모습으로 돌아갈 거니까 잠깐만
이 배역에 충실해 보는 것이다.

'어라? 근데 이 삶도 존나 재밌잖아?'

나를 한가지 배역에 한정 짓지 말고
이 역할 저 역할 다양하게 맡아보며
다양한 인생을 살아보는 거다.

시기별로 나누어도 되고,
장소별로 나누어도 된다.

낮에 이 공간에선 한없이
성실한 사람이 되어 무언가에 몰두하다가
저녁엔 다른 곳에 가서
한없이 게으른 한량이 되어보는 것이다.

내가 만든 배역을 여러 개 두고,
그 배역에 충실하며 살아가보자.

인생에 다양한 작품을 만들수록
일상이 재밌어진다.

멋질 필요가 없다

고등학생 때는 연설도 해보고
사업도 해보고
학교 생활에도 최선을 다하며
열심히 살았다고 자부했다.

다시 한번 되돌아보아도
나는 학생 때 멋졌다.

성인이 되고 나서는

장래 희망이 한량으로 바뀌었는데

그랬더니 맙소사 인생이 2배, 3배는 더욱 행복해
졌다.

멋진 거랑 행복한 건 다르더라.

굳이 멋질 필요가 없더라고.

노력하면
재능이 생길까

나는 노력이라는 말을 별로 좋아하지 않는다.
노력이 배신하면 아무도 책임져 주지 않거든.

어떤 결과를 바라고 노력하는 순간
그 과정은 더 이상 즐길 수가 없다.
중요한 건 탑을 쌓기 위한 노력이 아니라
그 과정이다. 과정이 곧 결과다.

무언가를 열심히 하면서 얻어야 할 것은 완성된
결과물이 아닌 고된 과정에서 얻는 경험과 추억
속에 있다.

잘하려고 노력하기보다 배우기 위해 딱
집중하는 정도만 딱 인생을 소비할 것.

이 사고방식이 여태껏 내 삶에 실패가 없었다고
생각하는 이유다.

공든 탑도 무너질 수
있다는 걸 알아야 한다.

노력으로 재능을
뛰어넘을 수 있을까요?

확실한 건 노력 안 하는
재능충은 뛰어넘을 수 있습니다.

천재가
되고 싶을 때

굳이 천재가 될 필요가 있나.
아무것도 안 하는 천재보다
발전하는 바보가 더 낫다.

놀아도 멋있어 보이는 10가지 방법

1. 노는 것에 대한 나만의 신조를 가진다.

2. 노는 것을 절대 낭비라고 생각하지 않는다.

3. 애매하게 놀지 않는다.

4. 할 일은 또 열심히 한다.

5. 법을 어기지 않는다.

6. 남에게 피해를 주며 놀지 않는다.

7. 노는 것과 회피를 잘 구별한다.

8. 노는 것에도 배울 게 있다는 걸 기억한다.

9. 늙어서는 할 수 없는 놀음을 택해 논다.

10. 그 추억을 절대 잊지 않는다.

묘비명

살았음에 행복했으니

내 무덤 앞에서 울지 마라.

인생에서
간절함이 필요한가

무언가를 얻고자 할 때 꼭 간절해야만 하는 것은 아니라고 생각한다.

거저 쥐어지는 인생도 있는 것이다.
어차피 우연히 태어난 삶,
흘러가는 대로 살 수도 있지.

무언가를 간절히 원한다고 해서
그것이 꼭 이루어지는 것은 아니니까.

쉬운 길이 있는데
굳이 어려운 길을 선택할 필요는 없지 않은가.

같은 바다를 찾더라도 파도가
거세게 치는 바다에서 서핑하는 사람이 있지만
잔잔한 해변에서 일광욕을 즐기는
사람도 있는 것이다.

나를
기특하게 여기세요

Q

요즘 계속 무언가를 할 때 '나 까짓 게'라는 생각이 들면서 우울해지고 안 하게 되는데 어떡하면 좋을까요?

A

그럴 땐 '우와 나 까짓 게 이런 것도 하네?
우와 대박'이라고 생각하면서 해보세요.
생각만 해도 기특하지 않아요?

‘자존감’이 낮은 ‘나’도 결국 ‘나’다

자존감 높이는 법에 대해 참 많은 질문을 받았다. 사실 난 스스로 자존감이 높다고 생각하지 않는다. 그렇다고 낮다고 생각하는 것도 아니다.

정확히 말하면 ‘자존감의 높낮이’에 대해 생각하지 않는다.

자존감이 낮다고 생각하는 것은, 높은 자존감에 대한 기준이 있기 때문이다.
그 기준이 다른 사람이든, 나만의 기준이든 높은 기준에 못 미치는 나는 결국 '자존감이 낮은 사람'이 된다.

자존감을 키우라고 북돋아 주는 말이 아니다.
자존감에 대한 기준을 낮추라는 말도 아니다.

만약 자신이 자존감이 낮다 생각하더라도
자존감이 낮은 '나'도 '나'라고 생각하자는 거다.

자존감이 낮은 나도 나고
자존감이 높은 나도 완벽한 내가 될 수 없다.

끊임없이 남과 비교하고, 열등감 속에 사는
스스로를 나로 인정할 수 없을까.

나는 자존감이 낮다고 인정하는 순간
더 발전하려 애쓸 것이고 노력한 대가는
반드시 나에게 돌아올 거라 믿는다.

훌륭한 사람이 될 필요 없이,
훌륭해지기 위해 노력하는 사람만 되어도
그대는 이미 훌륭하다.

시간 낭비하는 것 같을 때

Q

요즘 시간을 너무 허무하게 쓰는 느낌이에요. 선경님은 이런 생각이 들 때 어떻게 하세요?

A

어이구 내가 이럴 때 아니면 시간을 언제 허무하게 쓰겠냐.

나만 빼고 다
행복해 보일 때

아무렇지 않은 듯 길을 걷는 사람도,

아무 생각 없어 보이는 저 해맑은 사람도,

각자 저마다의 아픔과 상처가 있다.

멋있지 않은가

만화 속 캐릭터들의 궁극기 마냥 저마다의 상처를 품고 살아가는 게.

그것이 바로 누군가에겐

드라마가 되고

역사가 되고

전환점이 되는 거겠지.

지금 내가 아픈 것도 언젠간 곱게 아물어서

아무렇지 않은 듯 살아가게 될 날이 온다.

아픈 당신, 역사를 만드는 중인 겁니다.

언젠가 아무렇지 않아졌을 때,

당신은 성장한 사람이 되어있을 겁니다.

행복한 미래를 만들려면

Q

언니의 욜로 인생 정말 존경하지만 미래에 대한 막연한 불안감이 든 적이 한 번도 없었나요?

A

행복한 오늘을 보내면 내일이야 어찌 됐든
상관없다고 생각해요. 그렇게 살아요.
나의 미래를 만드는 건 오늘 하루에요.

하고 싶은 게 없으면
나태의 끝판왕이 되어보자

꿈이 없어서 고민하는 사람이 너무 많다.
하고 싶은 것을 찾아야 한다는 강박에 휩싸인 사람도 많다.

그럴 땐 다 포기하고 열심히 쉬자.
해야 할 일과 의무에 얽매여 쉬면서도 제대로 쉬지 못할 때가 많다.

그건 쉬는 게 아니다.

단 일 초 후의 미래도 생각하지 않는 것이 진정으로 쉬는 것이다.
가만히 누워서 당장 하고 싶은 것을 해보자.

미래의 내가 하고 싶은 것들이 아니라, 지금 당장의 내가 하고 싶은 것들로.
떡볶이를 먹고, 소파에 누워서 온종일 영화를 보고, 밤새 술도 마셔라. 그것이 하고 싶다면.
아무것도 하기 싫으면 아무것도 하지 않은 채로 누워만 있어도 된다.

그렇게 일주일이든 한 달이든
억지로라도 한량처럼 살아라.

내가 좋아하는 것들로 열심히 놀고 쉬다 보면
명확히 하고 싶은 것들이 분명 생긴다.
노는 것도 언젠간 질리기 때문이다.
열심히 놀다 보면 열심히 또 이루고싶은
욕구가 강하게 생긴다.

아무것도 하지 않을 권리와
여유가 주어진 일상에서
진짜 하고 싶은 일을 찾는 건 어렵지 않다.

설사 찾지 못하더라도 노는 것에서
내 행복을 찾았다면
어떤 점에서 행복했는지 적어놔라.
그게 내 미래의 방향이 될 수도 있다.

긴 인생에서 조금 쉰다고 안 죽습니다.

우린 아직 젊으니까요.

자신감의 원천은
어디서 나오는 걸까요?

준비됨의 자신감을 느껴보세요.
여유와 자신감은 준비된 자만
누릴 수 있는 특권입니다.

하루아침에 뚝딱 만들어지는 게 아니에요.

자신감은 만족스러운 과정과 결과를 위해
노력한 땀에서 나온다는 것을 믿고

작은 것에서도 최선을 다하는

것부터 시작해요.

나는 결코 혼자가 아니다

고등학교 이 학년 때, 천 명이 넘는 전교생 앞에서 찬조 연설을 해야 하는 날이 있었다. 전교 회장을 준비하는 친구가 오로지 '말을 잘한다.'라는 이유로 찬조 연설을 부탁했다. 거절을 못하는 성격과 넘치는 열정을 가지고 있던 그때의 나는 그 부탁을 덜컥 수락했고 A4용지 두 장을 꽉 채우고도 넘치는 분량의 연설을 준비했다. 머리를 이리 굴리고 저리 굴려서 쓴 대본은 완벽했다. 하지만 날이 갈수록 잘하고 싶은 욕심에 벌벌 떨 수밖에 없었다. 전교생이 오직 나만 보고 있는 무대 위에서 누군가를 홍보해야 하니까. 대중을 유혹해야 하는 입장에서 대본을 힐끗힐끗 보며 읊어대는 꼴은 도저히 용납할 수 없었다.

이왕 하는 거 정말 잘하고 싶었다. 연설 날이 다가올 수록 밀려오는 긴장감에 숨을 쉴 수조차 없었다. 결국 A4용지 두 장에 달하는 분량을 모조리 외웠다. 그래야만 했다. 완벽한 대본만으로는 대중을 설득하기에 부족하다고 느꼈다. 진정성이 있으려면 그 대본은 대중들에게 글이 아닌 나의 진심이 느껴져야 했다. 결국 나는 대본을 머리에 채워 넣고 큐카드 없이 마이크만 쥔 채 무대로 올라갔다.

무대에 올라가기 전까지 어찌나 긴장됐는지 당일 등굣길에 청심환 대신 막걸리를 입에 털어 넣었다. 일주일 내내 긴장했던 내 심정을 잘 알았던 어머니가 등굣길에 장수막걸리를 품에 쏙 넣어주었다.

한 입 밖에 먹지 않았지만, 술기운 기분이라도 낸 나는 떨리는 마음을 뒤로하고 단상 위에 올랐다. 홀로 해본 수십 번의 리허설과, 완벽하게 외운 대본 덕에 언제 긴장이라도 했냐는 듯 청중과 대화하듯 떵떵거리며 연설을 순조롭게 끝냈다. 반응은 뜨거웠다. 일주일을 넘게 고군분투했는데 연설은 삼 분 만에 끝났다.

전교생이 숨죽여 듣는 삼 분이라는 엄청난 시간 동안 천 명을 마주하고 홀로 선 단상 위 노선경 뒤에는 일주일 간의 피와 땀이 함께 있었다. 단상 위에서 천 명을 상대하고 있는 건 일주일 간의 노선경이다. 머리를 감싼 채 대본을 쓰고 있는 노선경, 수십 번의 리허설을 위해 밤을 지새운 노선경, 암기를 위해 몇 번이고 연설을 반복했던 노선경 등등 그날 단상 위에 선 건 결코 나 혼자가 아니었다.

얼마나 듬직한가. 그 성과는 대단했다. 청중의 반응은 뜨거웠고 결국 그 친구는 당선이 됐다.

내게 자신감이란 그런 것이다.

지금 나를 존재하게 하는 것은 결코 지금의 나 홀로 만들어 낸 것이 아니다. 과거로부터 지금까지 나란 존재의 수많은 선택과 행동들이 빚어 놓은 것이 '현재의 나'이다.
과거의 내가 했던 선택에 대해 믿으며 최선이었을 것이라 믿는다.

무언가와 맞서 싸울 때, 무언가를 새로 시작할 때, 무언가를 이루고자 할 때, 나는 결코 혼자가 아니다. 지금의 나에게는 나와 함께 맞서 싸워줄, 나를 함께 이끌어 줄 무수히 많은 과거의 내가 있다. 지금의 나는 과거의 내가 뭉치고 뭉쳐 만들어진 결과물이다. 작은 것에도 최선을 다해야 하는 이유가 여기에 있다. 나 자신을 믿어야 하는 이유도 여기에 있다.

나와 함께 맞서 싸워 줄 수 있는

많은 '나'라는 동반자를 만들기 위함이다.

최선을 다하지 않을
이유가 없다

일상이 불편해지는 것은
무능한 사람과 함께 일하는 것이지만
인생이 불행해지는 것은
그것이 내가 되는 것이다.

무능해지지 않기 위해
맡은 일에 최선을 다하는 것은

나 자신이 누군가의
일상에 불편함이 되지 않도록 하기 위함이며
나 자신에게 불행을 주지 않게 하기 위함이다.

설사 무능한 사람이 되어 불편함을 주더라도
최선을 다했던 사람으로 기억되길 바라며.

슬럼프가 왔다면

슬럼프는 극복하는 게 아니다.

충분히 열심히 한 사람에게 찾아온

슬럼프는 휴식이 필요한 신호다.

때려치우고 놀자.

다른 일을 하자.

하고자 했던 일을 완전히 놓아버린다고
여태껏 쌓아왔던 것들이 나를 떠나는 것은 아니다.

진정으로 원한다면 그 일은 언젠가
다시 그리워지게 돼 있다.

그때 하면 된다.

지쳤다는 말 만큼 기특한 말이 있을까.
그만큼 무언가에 최선을 다했단 소리겠지.

잘했어.

슬럼프를 극복하려고

굳이 애쓰지 마라.

비교에 대하여

끊임없이 경쟁하며 살아야 하는
피곤한 세상.

여기서 비교를 통해 얻는 열등감은 덤인가.

내게 열등감이란, 피할 수 없다면
발전의 발판으로 삼으면 되는 것.

'열정','성실','끈기'

꼭 이런 단어들만이

내 인생에 동기부여가 되는 것은 아니다.

'열등감'

'남들보다 잘나지겠다는 이기적인 마음'

'후회'

…

이 모든 것이 당신을 성공의 길로 이끌 수 있다.

앞으로 나아가는 것에 있어서

모든 감정을 포용하고 그것을 이용해라.

부정하지 말고 받아들이고 삶의 비료로 써라.

열등감 자체는 나쁜 감정이 아니다.

열등감을 마음에 둔 체로 남을 시기하거나
아무것도 하지 않으면 문제가 된다.
타인과 더불어 사는 삶에서 비교당하고 이용당하고
누군가와의 우열을 가리는 건 지극히 당연한 일이다.

하지만 그 감정이 열등감을 들게 하는 대상이나
타인에게 머물러 있으면 안된다.

나에게 끌고 와서
내 삶을 더욱 더 움직이게 만들어야 한다.

당신을 작아지게 만드는 대상을
끌어내리는 것보다
당신이 발전하면 훗날
그 열등감은 조용히 사라질 것이다.

감정의 스펙트럼

적당한 불행은 간간이 찾아오는
행복을 더 특별하게 만든다.

아니, 사실 불행 자체에도
나를 움직이게 만드는 자극은 있다.

감성을 가진 인간의 삶에 생기를
불어넣는 것은 '감정'이다.

그것이 꼭 즐거운 감정만을
의미하진 않는다.

불행이든 행복이든 죽기 전까지
인간이 느낄 수 있는 모든 감정을
하루빨리 느껴야 한다.

그것이 젊은 내가 미래의 나를 위해
해줄 수 있는 최고의 선물이다.

인간만이 느끼는 유일한 특권 '감정'.
좋은 것만 느끼며 살아가기에
너무도 큰 인간의 감정 스펙트럼을
낭비하는 것 같지 않은가.

기쁨과 슬픔, 불안정과 안정 둘 중
어느 감정이 나를 더 성장시켜줄 것인지는
아무도 모른다.

평탄함에 안주하기만 해서는
나를 더 성장시킬 수 없다.

내가 가장 두려운 것은
'아무 일도 일어나지 않는 것'이다.

아무런 감정도 요동치지 않는
하루는 내게 죽은 것과 같다.

방황하고 있다고
생각하는 그대에게

방황이 아니라 여정입니다.

그 여정의 끝에 그것이 뭐든 간에

무언가를 얻을 수만 있다면

즐기세요.

경험의 소중함

Q

인생에 닥치는 모든 시련은 차후에 나를 더
풍요롭고 성숙한 사람으로 만들어주는,
결코 쓸데없는 시련들이 아닌에 공감하시나요?

A

네. 무조건. 경험이라는 게 무조건 좋은 일만 있어서는 안 된다고 생각해요.
전 더 아파보고 싶어요

끝이 아닌 도약

우리는 살아가면서 많은 끝을 맞이한다.

학교를 졸업하기도 하고

꿈을 이루려고 달려가다가 고비를 넘지 못해

포기하기도 한다.

그 순간마다 모든 것이 끝나는 것 같고
마지막 같겠지만
모든 것의 끝은 반드시 새로운 것의 시작이다.

끝난 것이 아니라,

도약하기 위한 종지부일 뿐이다.

행복할수록
빨리 죽고 싶은 마음

살았음에 행복했고,

불행 또한 내 인생에 찾아와 준

수많은 손님 중 하나였기에

경험이 풍부해질수록 살아있음을 느낀다.

언젠가 이 생각들이 무너져 정말로 불행해지느니

행복할 때 빨리 죽어버리고 싶다.

그래서 더욱 욕심 없이,
하루를 아무리 나태하게 보냈어도
내 선택에 후회하지 않고 만족하며
살아가는 중이다.
내일의 죽음 때문에 현재가 아쉽지 않게.

'죽어도 여한이 없다.'라는 말
사실 모든 것을 이룬 사람이 아니라
현재에 충실할 줄 아는 사람이 하는 말.

남보다 뒤처지면
포기하고 다른 일 찾는 게 나을까

Q

하고 싶은 게 있는데 남들보다 뒤처진다면

포기하고 다른 길을 찾는 게 빠를까요?

A

고작 그런 이유로 포기하는 거라면
진짜 하고 싶은 일이 아닌 것 같네요.
내가 부족한 게 무엇인지 찾고
노력을 해야지 남들이 앞서간다고
그게 나랑 무슨 상관인가요?
나도 언젠가 나아가면 그만인데.

엉망으로 살자

매일 똑같은 새벽 두 시. 욕심과 강박으로 가득 찬 생각의 꼬리를 덮기 위해 애써 잠을 청하기도 수십 번. 그러다 뜬 눈으로 마주하는 아침. 달라질 거라 끝도 없이 다짐하며 새로운 하루를 시작해도 결국 달라진 건 오직 시간뿐이다. 그래도 조금씩 나아가긴 했는지 삐걱삐걱 여기까지 잘도 왔다. 달라질 순 없어도, 나아갈 순 있다.

작년 여름, 일, 사랑, 학업 어떤 것에도 갈피가 잡히지 않아 결국 폭발해버렸던 시기가 있었다. 어느 것 하나 실패한 게 없는데 그 어떤 것에도 욕심이 나질 않았다. 일상에 제대로 된 것이 하나도 없다고 느껴졌다. 항상 무언가에 몰두해서 살아온 나에게 찾아온 그 공허함은 일로도 학업으로도 채워지지 않아 매일 술과 사람을 찾았다. 공허함을 직면하느니 차라리 외면하고 회피하는 게 편했다.

그렇게 긴 정신적인 방황으로 모든 것이 엉망으로 흘러갈 때쯤 부모님이 독립을 권유했다. 그때의 나는 혼자 살기엔 매우 불안정한 상황이었고 아버지도 당연히 그걸 알았다. 하지만 긴 방황과 엉망으로 망가진 생활패턴은 가족들과의 생활에 큰 불편을 줬다.

매일 아침 술에 취해 들어오는 나를 그저 묵묵히 바라보던 가족들이 몇 달간의 대화 끝에 내린 결론은 나를 내보내는 것이었다. 독립 권유는 이 긴 방황을 잠재우려는 가족들의 최후의 보루였기 때문에 나와 부모님 양측 다 원치 않는 제안이었다.

혼을 냈어야 정상인 아빠는 나를 집 앞 공원으로 끌고 나와 언제나 그랬듯 조용히 내 의견을 물었다. 독립하기 참 싫었다. 이렇게 엉망인 채로 혼자가 되는 것이 무서웠다. 이런 이유로 쫓겨나듯 첫 독립을 하고 싶진 않았다. 무엇보다 이대로 떨어지기엔 우리 가족은 서로를 너무 사랑했다. 그렇다고 집에 붙어있자니 가족들에게 미안했다. 애써 침착했던 겉과 달리 속은 썩을 대로 썩어있던 나는 아빠의 시선도 제대로 마주치지 못하고 대답만 미룬 채 주변 풍경을 아주 열심히 감상했다. 이 대화에서조차 나는 회피하기 급급했다.

그렇게 괜히 주변을 둘러보는데 아빠의 등 뒤로 무성하던 푸른 나무 사이에 붉게 물든 나뭇잎 몇 개가 보였다. 하늘은 퍼렇고 날은 아직 더운데 조용히 가을이 왔다. 어이가 없었다. 내 여름은 이리도 엉망진창으로 흘러가고 있는데 결국 기다리던 계절이 오고 있었다.
내 삶은 엉망이어도 시간은 흘러 가는구나. 이대로도 흘러는 가고 있구나.
돌이켜보면 그랬다. 난 항상 엉망이었고 그 속을 비집고 난 길로 여기까지 왔다. 엉망이어서 참 좋았던 삶이다. 아니, 애초에 정돈된 삶이라는 게 있나?

한 치 앞도 알 수 없는 수많은 상황과 수만 가지의 감정들이 휘몰아치는 인간의 하루는 당연히 엉망일 수밖에 없다. 엉망이지 않으려고 발버둥치느라 인정하지 않았던 내 지난 날의 나에게 너무 미안했다.

아무런 대답도 없이 낙엽만 보고 실실 웃고 있는 나를 아빠는 보채지 않고 기다려줬다.

나에게 닥친 모든 상황은 큰 문제가 아니라, 그저 살면서 내게 잠깐 왔다가 흘러갈 일련의 사건일 뿐이다. 그것이 행복이든 불행이든 마찬가지다. 무엇이든 간에 우린 그 감정이 그저 흘러가게 내버려 두면 된다. 행복이 찾아왔다고 해서 꽉 붙들고 있을 필요도, 불행이 왔다고 해서 외면할 필요도 없다.

상황은 내가 외면하지 않는 한 어떻게든 나아진다. 우리에게는 충분히 그럴 힘이 있다. 그런데 회피하려 할수록 어떤 상황에 직면할 때 큰 용기가 필요하게 된다. 막상 직면하면 별것도 아닌데 말이다.

나도 이 별것도 아닌 문제에 직면하기까지 몇 달이 걸렸다. 내 인생도 그제야 다시 움직이기 시작했다. 인생은 외면할 때 멈춰서, 직면할 때야 다시 흘러간다.

그리고 동시에,
십 년간 바뀌지 않던 좌우명이 바뀌었다.

'엉망으로 살자.'

이 말엔 낙엽을 보며 떠올렸던 '인생이 엉망진창 흘러가도 결국 기다리던 계절은 온다.' 는 생각이 담겨있다. 엉망으로 살아도 된다. 엉망인 채로 달라지는 것 없어도 결국 흘러간다. 나아갈 수 있다. 그러니 애써 정돈된 삶 말고 더더욱 엉망으로 살자.

최선을 다해서 엉망으로 살자.

인생을 엉망으로 더럽혀보자.

엉망인 당신
그대로여도 괜찮다

\+

엉망의 사전적 정의:
'술 따위에 흠뻑 취하여 제정신을 잃은 상태'

'만약 네가 미치지 않는다면 결국 도달하지 못하리'였던 내 좌우명에도 일맥상통하는 말이다. 엉망이라는 단어가 좋아지기 시작했다. 일이나 사랑에 흠뻑 취해 정신 잃은 상태라면 이대로 엉망이어도 좋다.

희망은 없고
우울하기만 하다면

희망이라는 건

내가 잃지 않으면 절대 사라지지 않는다.

내가 잃어도 주변에서 놓아주지 않으면 간신히 붙잡을 수 있는 게 희망이다.

그러니 그 희망을 잃게 만드는 문제를 과감하게 걷어차 버리자.

희망은 어디서든 다시 빛날 수 있다.
그 희망을 확신으로 만들어 줄 일에 전념하길.

그대의 잘못이 아니다.

행복이라는 단어는 배제한 체
열심히 달릴 줄만 알던 내가
첫 책을 출간한 후 약 4년에 걸쳐 서서히
행복을 찾아오면서 이 책을 쓸 수 있게 되었다.

'휴식'의 중요성을 이제는 잘 알 것 같으면서도
여전히 쉬는 것이 참 어렵다.

하고 싶은 게 워낙 많은 사람이라 쉬면서도
욕심이 생기고 마음 한구석이
계속 불편한 건 어쩔 수 없는 걸까.
불편한 게 아니라 불안한 걸까.
쉬는 법을 다시 배워야겠다.

그토록 원하던 휴식이 나를 불안하게 만든다면
그건 쓰다 남은 열정이 아니라 불필요한 욕심이다.

열정을 자랑스러워하던 과거의 내가 있었지만
지금은 열정이라는 단어를 별로 좋아하지 않는다.
매사 그렇게 살아야만 괜찮은 삶인 것 같아서.

물론 열정이 있으면 좋겠지만
그건 결과로 보여주면 될 뿐,
의욕 없는 시체처럼 살더라도
아주 잔잔하게 목표를 이룰 수도 있는 거라
말해주고 싶다.

위대함은 그렇게 잔잔하게 만들어질 수도 있다.
잔잔한 내 삶도, 이 짧은 휴식도 얼마나 위대한가.
내가 인정하는 휴식이라는 것이.
아무것도 하지 않아도 괜찮다고
위안하며 인정하는 이 하루가.
그렇게 자신에게 인정 받는 나날들이.

이 책은 너무 열심히 살아왔던 사람,
열심히 살고 싶은 사람 모두에게 바친다.

지금 당장 있는 그대로의 나를 사랑하라는
무책임한 소리는 하지 않겠다.
당신도 언젠가는 자신에게
인정 받는 날이 분명 올 테니까.

그 순간을 위해 더욱더
엉망으로 삽시다.

노선경 올림

노상범, 장명희, 노연경, 노하경, 강아지 앙지까지.

가족들의 완벽한 콜라보로 지금의 제가 있습니다.

베풀며 살게요. 사랑하고 존경해요.

엉망으로 살자

초판 1쇄 발행 : 2021년 6월 25일
초판 2쇄 발행 : 2021년 7월 02일

지은이 : 노선경
기획 편집 : 손힘찬
디자인 : 서승연, 당아
펴낸곳 : 주식회사 떠오름코퍼레이션

출판등록 : 2020년 4월 28일 제 2021-000002호
이메일 : tteoreum9@nate.com
ISBN : 979-11-970808-6-9